abhanden mit der hand
abfußen mit dem fuß

Antons liebste Wort-Spiel-Verse

Ausgewählt
von Gerhard Wolf

Zeichnungen
von Anton Wolf

Spiele mit Wörtern und Versen
für Kinder und Eltern
von
Arp bis Jandl
Kuhlmann bis Papenfuß
Morgenstern bis Mon

Gerhard Wolf **Janus press**

Der Satz einiger Gedichte weicht bei der Ausrichtung bzw. farblichen Hervorhebung von den Vorlagen ab. Alle Texte von Ernst Jandl und *Möven und Tauben auch* von Helmut Heißenbüttel wurden nach den autorisierten Ausgaben gesetzt.

Im Original vielfarbige Zeichnungen wurden in zweifarbige umgesetzt.

ISBN 3-928942-44-1

2. Auflage 1997

Zeichnungen von Anton Wolf
Auswahl und Bearbeitung: Martin Hoffmann

Schrift rotis antiqua
rotis semigrotesk
Layout Martin Hoffmann
Druck H & P Druck, Berlin
Binden Stein, Berlin

er kommt abhanden mit der hand
er kommt abfußen mit dem fuß
und trägt in seinem taschenfleisch
den aufgerollten redefluß

in acht und bann und neun und zehn
so übermannt und überfraut
daß keiner je sich je und je
und an der tafel nacktes kaut

sonst triptycht das grammatikkreuz
stanniolverpackt als schwarzer spaß
als einzahl mehrzahl rübezahl
als faselhans am faselfaß

Wie kommt es zu einem Buch für Kinder, das einem selbst beim Vorlesen immer wieder Spaß macht ?

Neben den *Schönsten Märchen der Welt für 365 und 1 Tag*, ausgesucht von Lisa Tetzner, waren es vor allem Verse und Reime, die mit der Sprache ihr respektlos übermütiges Spiel treiben, die Enkel Anton und mich allmorgendlich zusammenführten. Kinder haben Vergnügen an den Zungenbrechern von Fischers Fritz, an Morgensterns nicht ganz geheueren *Galgenliedern* mit den Spukgestalten von Palmström und Korf. Anton sagte schon im zarten Alter von 2 Jahren, den Weihnachtsmann-Opa durchschauend, kein Weihnachtssprüchlein, sondern Jandls Verse von *ottos mops* auf.

Er hat mich schließlich angeregt, eine Auswahl von Vers-Wort-Spielen zu treffen – Stücke, die er auswendig kennt, aber auch solche, die ihm – er ist inzwischen 12 und über Kinderverse erhaben – bisher unbekannt waren, wie die phantastischen Einfälle in Hans Arps *Wortträumen*, die ich irgendwann mit Begeisterung entdeckt hatte.

Antons spontane und mitunter skurrile Zeichnungen – oft Entwürfe zu Spielszenen für seinen »Game-boy« – schienen mir wie zu solchen Versen gemacht. Einige entstanden direkt zu Texten in diesem Buch.

Vater Martin stellte Worte und Bilder unter Antons kritischem Blick zusammen. Kunststück, in dem sich nun drei Generationen bei Versen begegnen – wie sich Poeten aus früherer und heutiger Zeit treffen, denen es Spaß machte, die Wörter zu verwechseln und zu verwandeln, die Bilder auf den Kopf zu stellen und durcheinanderzuwirbeln.

Für uns AEltere(n) und alle möglichen Kinder und Enkelkinder, heißen sie nun Anton oder ... Gerhard Wolf

Anton sieht die Worte wechseln

Dies ist ein Scheit,
Dies ist ein Schleißenscheit,
Dies ist ein wohlgeschlissenes Schleißenscheit,
Das schickt die Frau Weißen aus Meißen und läßt sagen frei,
daß sie die allergeschickteste Schli-Schla-Scheitschleißerin sei,
und ihr Mann, der Fritze, hinter der Scheune sitze
und fleißig Schli-Schla-Schleißenscheite schnitze.

Die deutsche Sprache

Kann die deutsche Sprache
schnauben,
kann sie doch auch
schnarchen,
spielen,
poltern,
scherzen,
donnern,
krachen,
liebeln,
gütteln,
kürmeln,
lachen

komm lies geh sprich
mir aus der hand
dir nach dem mund
gib mir ein zeichen
dass ichs verstehe
worauf du aus bist
gib mir nen fusstritt
dass ich reinfalle
worauf ich eingehe
spiel du dich auf
ich spiels dir zu

Hans Arp

ins bodenlose

den kopf nach unten
die beine nach oben
stürzt er ins bodenlose
dorthin woher er gekommen ist.

er hat keine ehre mehr im leibe
beißt keinen biß mehr in einen imbiß
erwidert keinen gruß
und hält nicht an selbst wenn man ihn anbetet.

den kopf nach unten
die beine nach oben
stürzt er ins bodenlose
dorthin woher er gekommen ist.

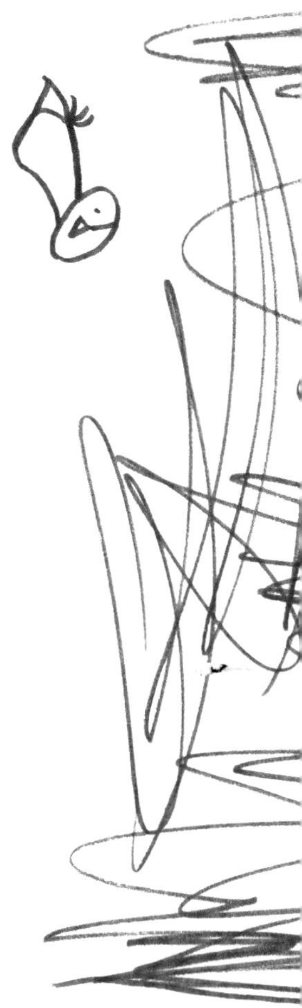

wie eine behaarte schüssel
wie ein vierbeiniger säugestuhl
wie ein tauber echostamm
halb voll halb leer.

den kopf nach unten
die beine nach oben
stürzt er ins bodenlose
dorthin woher er gekommen ist.

Franz Mon

zu ebener erde

auf die füße stellen: auf dem kopf stehen.
auf den füßen stehen: auf den kopf fallen.

auf die füße fallen (auf dem kopf stehen)
auf den kopf stellen – ins wort fallen.

auf die füße treten, aufs wort folgen.
auf dem fuße folgen, aufs haupt schlagen.

auf den kopf fallen.
auf die beine stellen.
auf den beinen stehen.
auf dem kopf gehen.

Ernst Jandl

etüde in f

eile mit feile
eile mit feile
eile mit feile
durch den fald

durch die füste
durch die füste
durch die füste
bläst der find

falfischbauch
falfischbauch

eile mit feile
eile mit feile
auf den fellen
feiter meere

auf den fellen
feiter meere
eile mit feile
auf den fellen

falfischbauch
falfischbauch

eile mit feile
auf den fellen
feiter meere
feiter meere

falfischbauch
falfischbauch
fen ferd ich fiedersehn
falfischbauch
falfischbauch
fen ferd ich fiedersehn
fen ferd ich fiedersehn
falfischbauch
fen ferd ich fiedersehn
falfischbauch
falfischbauch

ach die heimat
ach die heimat
fen ferd ich fiedersehn
ist so feit

Fall ins Wort

Fall ins Wort
das Wort ist brüchig geworden
Fall ins Wort
der Fall ist fällig geworden
Fall ins Wort
wo das Wort dir einfällt
Fall ein
ein naher Feind
ein Vogel ins Feld

Wo das Wort
dir gefällt
wo das Wort
fehlt
wo das Wort
einen Fehler hat
wo es verdorrt
dort
fall ins Wort

Die Welt
fällt ein
Ihr Fallen
fällt
das Wort
Fall ihm ins Wort
fall ein
du fällst sonst
in jedem Fall

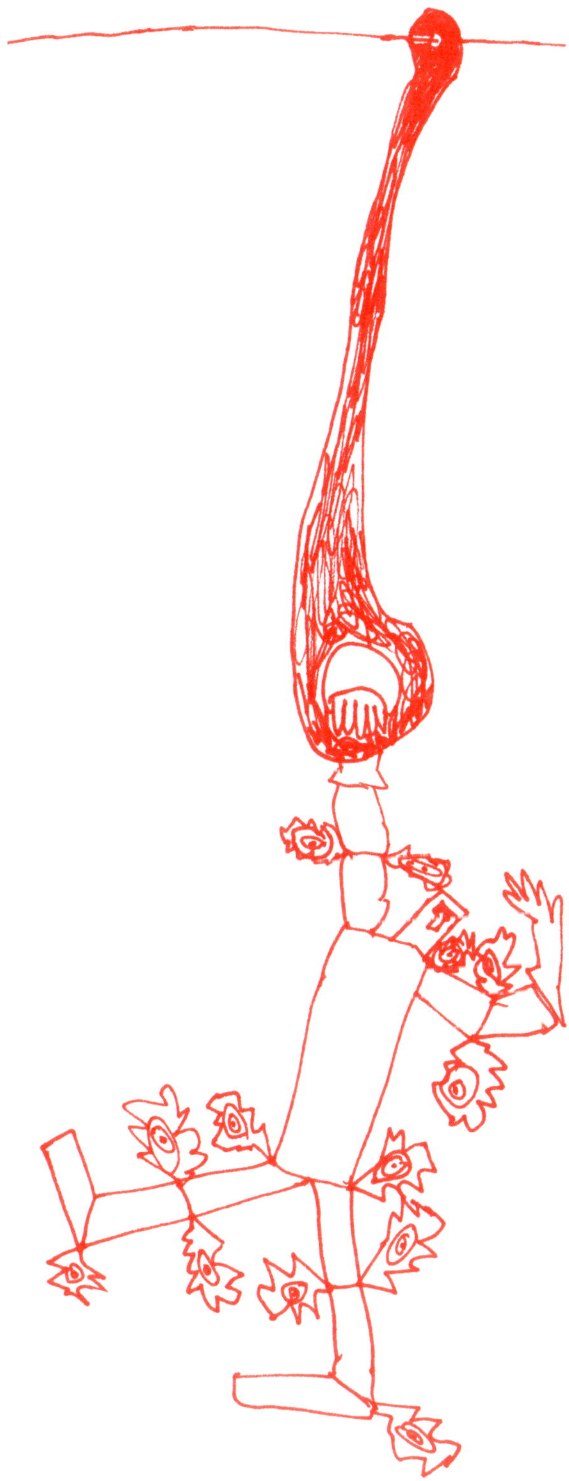

fallen
nach vorne fallen
nach vorne fallen lassen
sich nach vorne fallen lassen
von selbst nach vorne fallen
von selbst fallen
selbst fallen
fallen
stellen
fallen stellen
vorsichtig fallen stellen
vorsichtig vor sich fallen aufstellen
vor sich fallen stellen
vor sich fallen
vorfallen
fallen

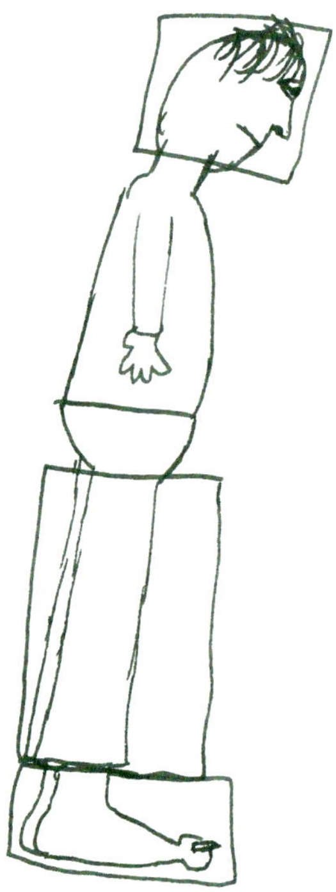

fallen.

viele fallen.

viele fühlen: fallen.

viele fühlen fallende fallen.

viele fühlen wie sie fallen.

viele fühlen fallend die fallen.

viele fielen und füllten die fallen.

viele gefallene füllen die fallen.

vielen gefallen die vollen fallen.

Ernst Jandl

schwör
schwör
schwör
schwör

schwör
schwör
schwör
schwör

schwör
schwör
schwör
schwör

beschwören
beschwören
beschwörde

schwere
steine
schwere
steine
schwere stöhne schwere stöhne
schwöre steine schwöre steine
schwere stöhne schwere stöhne
schwöre
stöhne
schwöre
stöhne

Das Tagesgerippe

die blätter eilen den flügeln zu hilfe

die glocken sind auf falscher spur

viel höher als die wolken der augen

schweben die herzen und seligen früchte

bevor das blatt sein auge öffnet

hat das feuer schon gebadet

die flügel tragen den himmel

die worte ziehen aus dem munde wie rauch

Stefan Döring

Dies Gedicht will auch so gelesen werden:

wortfege

weinsinnig im daseinsfrack
feilt an windungen seiner selbst
wahrlässig allzu windig

im gewühl fühlt er herum
und windet sich nochmal heraus
fund, kaum geborgen, bloss wort

wasser, lauernd, von wall zu wall
die spiegel mit fellen überzogen
wetter, uns umschlagend, dunst
die gewährten fegt es hinüber
die bleibenden gefahren erneut
der sich herausfand währt darin

fortwege

feinsinnig im daseinswrack
weilt an findungen seiner selbst
fahrlässig er allzu findig

im gefühl wühlt er herum
und findet sich nochmal heraus
wund, kaum geborgen, bloss fort

fasser, lauernd, von fall zu fall
die spiegel mit wellen überzogen
fetter, uns umschlagend, dunst
die gefährten wegt es hinüber
die bleibenden gewahren erneut
der sich herauswand fährt darin

worte sind schatten
schatten werden worte

worte sind spiele
spiele werden worte

sind schatten worte
werden worte spiele

sind spiele worte
werden worte schatten

sind worte schatten
werden spiele worte

sind worte spiele
werden schatten worte

Bert Papenfuß

bleibeil

es blieb dabei
    es bleibt dabei
        es wird dabei bleiben
            es wird dabei geblieben
                es wird dabei geblieben sein
                    es wird dabei geblieben werden
                        es wird dabei geblieben worden sein
                            es wird dabei geblieben worden sein geworden
                                es wird dabei geblieben worden sein geworden werden

dabeibleibend
    bleibt es dabei
        dabeizubleiben
            daß es vorbei bleibt

                    verbleibt nunmehr kaum mehr zu ändern
                        kaffendes woblei; aber zu verändern

Anton buchstabiert

A B C, Kopf in die Höh!
D E F, wart, ich treff!
G H I, das macht Müh!
J K L, nicht so schnell!
M N O, lauft nicht so!
P Q R, das ist schwer!
S T U, hör mir zu!
V W X, mach nen Knicks!
Y Z , geh zu Bett!

Alphabet

Im Ameisenhaufen wimmelt es.
Der Aff' frißt nie Verschimmeltes.

Die Biene ist ein fleißig Tier,
dem Bären kommmt dies g'spaßig für.

Die Ceder ist ein hoher Baum,
oft schmeckt man die Citrone kaum.

Das wilde Dromedar man koppelt,
der Dogge wächst die Nase doppelt.

Der Esel ist ein dummes Tier,
der Elefant kann nichts dafür.

Im Süden fern die Feige reift,
der Falk am Finken sich vergreift.

Die Gems' im Freien übernachtet,
Martini man die Gänse schlachtet.

Der Hopfen wächst an langer Stange,
der Hofhund macht den Wandrer bange.

Trau ja dem Igel nicht, er sticht,
der Iltis ist auf Mord erpicht.

Johanniswürmchen freut uns sehr,
der Jaguar weit weniger.

Den Kakadu man gern betrachtet,
das Kalb man ohne weitres schlachtet.

Die Lerche in die Lüfte steigt,
der Löwe brüllt, wenn er nicht schweigt.

Die Maus tut niemand was zu Leide,
der Mops ist alter Damen Freude.

Die Nachtigall singt wunderschön,
das Nilpferd bleibt zuweilen stehn.

Der Orang-Utan ist possierlich,
der Ochs benimmt sich unmanierlich.

Der Papagei hat keine Ohren,
der Pudel ist meist halb geschoren.

Das Quarz sitzt tief im Berges-Schacht,
die Quitte stiehlt man bei der Nacht.

Der Rehbock scheut den Büchsenknall,
die Ratt' gedeihet überall.

Der Steinbock lange Hörner hat,
auch gibt es Schweine in der Stadt.

Die Turteltaube Eier legt,
der Tapir nachts zu schlafen pflegt.

Die Unke schreit im Sumpfe kläglich,
der Uhu schläft zwölf Stunden täglich,

Das Vieh sich auf der Weide tummelt,
der Vampyr nachts die Luft durchbummelt.

Der Walfisch stört des Härings Frieden,
des Wurmes Länge ist verschieden.

Die Zwiebel ist des Juden Speise,
das Zebra trifft man stellenweise.

Christian Morgenstern

Der Papagei

Es war einmal ein Papagei,
der war beim Schöpfungsakt dabei
und lernte gleich am rechten Ort
des ersten Menschen erstes Wort.

Des Menschen erstes Wort war A
und hieß fast alles, was er sah,
z.B. Fisch, z.B. Brot,
z.B. Leben oder Tod.

Erst nach Jahrhunderten voll Schnee
erfand der Mensch zum A das B
und dann das I und dann das Q
und schließlich noch das Z dazu.

Gedachter Papagei indem
wird älter als Methusalem,
bewahrend treu in Brust und Schnabel
die erste menschliche Vokabel.

Zum Schlusse starb auch er am Zips,
Doch heut noch steht sein Bild in Gips,
geschmückt mit einem großen A,
im Staatsschatz zu Ekbatana.

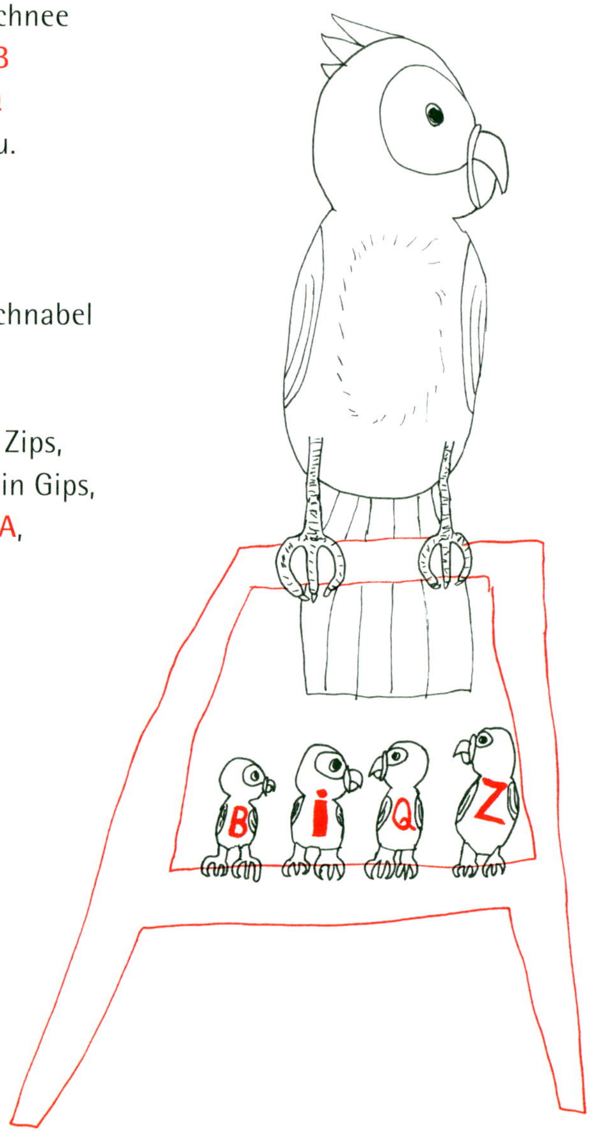

Hans Magnus Enzensberger
nach Edward Lear

Das Kranken-ABC

A rutschte aus, und brach den Arm, und schrie vor Angst und Wut.
B sprach: „Das ist ein braves Kind! Das Brüllen tut ihm gut!"
C bot ihm kalten Caffee an, und Chokoladen-Creme!
D schrie: „Hier muß ein Doktor her! Seid doch nicht so bequem!"
E meinte: „Etwas Eierschnee, das stellt ihn wieder her."
F riet: „Ein Fauler Fisch, der nützt in solchen Fällen mehr."
G brachte vor: „Mit Gänseschmalz erholt man sich geschwind."
H rief: „Holt einen Hut, denn sonst erkältet sich das Kind!"
I hielt ein weiches Inlett für die rettende Idee,
J sagte: Dieser Junge braucht Johannisbeer-Gelee."
K widersprach: Was er sich wünscht, das ist ein Känguruh."
L zündete ein Lämpchen an und zog die Läden zu.
M fragte ihn, ob er vielleicht Melissenzucker bräuchte.
N grunzte, daß ihm eine Nuß das Allerbeste däuchte.
O glaubte, ohne Orgelspiel sei hier nichts auszurichten.
P schlug ein anderes Mittel vor: Poetische Geschichten.
Q wiederum empfahl ein Mus aus frisch gequirlten Quitten!
R schrie aus vollem Hals: Zuerst muß ich um Ruhe bitten!"
S aber sang: „Im Gegenteil! Nur Singsang kann ihn retten."
T seufzte still: „Mit Tränen, seht! benetze ich die Betten."
U hoffte, alles werde gut, wenn man ihm Unken zeige.
V wollte, daß man unverwandt auf Violinen geige.
W rief nach Warmen Whisky für des schwer Blessierten Durst.
X trachtete zum X-ten Mal nach einer X-tra Wurst.
Y hätt' am liebsten ihn mit Ysopkraut kuriert.
Z holt ein Zibebenfaß und rief: „Hereinspaziert!

Und dann Deckel drauf, mein Freund! Wir drücken dich jetzt platt!
Wir haben dein Gewimmer und dein Zetern nämlich satt!"

gruppendynamik

anton zieht die hose aus wie ein aal
berta zieht die hose aus wie eine bachstelze
cäsar zieht die hose aus wie ein camembert
dora zieht die hose aus wie eine dahlie
emil zieht die hose aus wie ein eber
friedrich zieht die hose aus wie ein fachmann
gustav zieht die hose aus wie ein galgenstrick
heinrich zieht die hose aus wie ein habenichts
ida zieht die hose aus wie eine illusion
julius zieht die hose aus wie ein kaufmann
ludwig zieht die hose aus wie ein laborant
martha zieht die hose aus wie am nordpol
otto zieht die hose aus wie ein obelisk
paula zieht die hose aus wie eine quelle
richard zieht die hose aus wie ein rabbiner
samuel zieht die hose aus mitten im saal
theodor zieht die hose aus wie ein tabakspflanzer
ulrich zieht die hose aus wie ein übeltäter
viktor zieht die hose aus wie ein vagabund
wilhelm zieht die hose aus wie ein waagebalken
xanthippe zieht die hose aus wie ein ypsolpn
zacharias zieht die hose aus wie ein zahlkellner
sagt „das wars"

und zieht die hose wieder an
und xanthippe zieht die hose an wie zacharias
und wilhelm zieht die hose an wie xanthippe
und viktor zieht die hose an wie wilhelm
und ulrich zieht die hose an wie viktor
und theodor zieht die hose an wie ulrich
und samuel zieht die hose an wie theodor
und richard zieht die hose an wie samuel
und paula zieht die hose an wie richard
und otto zieht die hose an wie paula
und martha zieht die hose an wie otto
und ludwig zieht die hose an wie martha
und julius zieht die hose an wie ludwig
und ida zieht die hose an wie julius
und heinrich zieht die hose an wie ida
und gustav zieht die hose an wie heinrich
und friedrich zieht die hose an wie gustav
und emil zieht die hose an wie friedrich
und dora zieht die hose an wie emil
und cäsar zieht die hose an wie dora
und berta zieht die hose an wie cäsar
doch anton bleibt nackt

A, b, c, d, e,
Der Chopf thut mer weh
F, g, h, i, k,
Der Dokter isch da,
L, m, n, o,
Jetz bin i froh,
P, q, r, s, t,
’s isch wider guet, juhe!
U, v, w, x,
Jetz fählt mer nix,
Y, z,
Jetz gah-n-ig i ds Bett.

Anton kennt alle kleinen und großen Tiere

Fischers Fritz fischt frische Fische,
frische Fische fischt Fischers Fritz.

Liedchen

In ihr Maushaus
lief die Hausmaus,
doch sie hielt's nicht lang drin aus,
denn im Dreckeck
lag viel Eckdreck,
und das war ein großer Graus.

In dem Wurmturm
ächzt ein Turmwurm,
und er ächzt so schauerlich,
weil der Fuchsluchs
mit dem Luchsfuchs
gestern ums Gemäuer strich.

In dem Zwergberg
sitzt der Bergzwerg,
und er sehnt sich jedes Jahr
nach dem Strandsand
fern am Sandstrand,
wo er mal auf Urlaub war.

Und der Dachslachs
huscht zum Lachsdachs,
den er aus der Schule kennt,
und der Spechthecht
ruft zum Hechtspecht:
Endlich ist das Lied zu End'!

Ratze und Katze

Auf dem Boden ist der Ratze,
Der mir meine Tauben frißt:
Sagt, was ihr zu raten wißt?
„Anzuschaffen eine Katze!“

Seht, die Katz’ ist angeschafft,
Und der Ratz ist weggerafft:
Aber an des Ratzen Platze
Frißt die Tauben nun die Katze.

Erich Fried

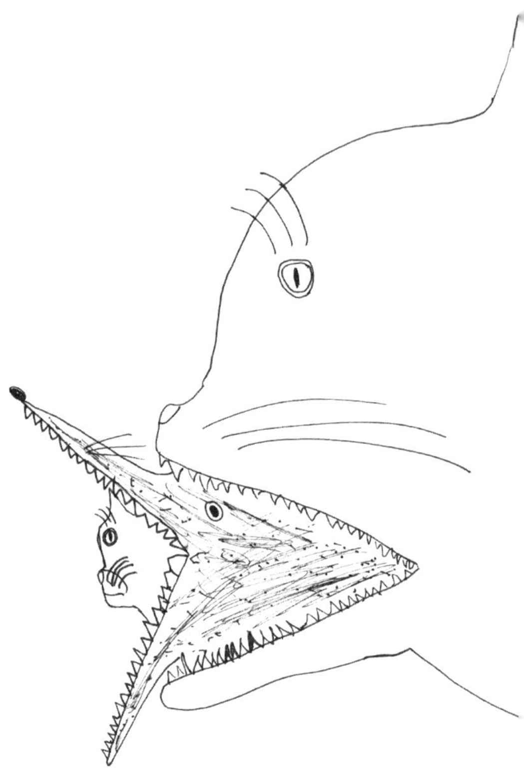

Mäusefressende Katzen

Katzen fressen Mäuse aus Gründen der Tradition
Katzen fressen Mäuse zur Verhütung der Revolution
Katzen fressen Mäuse um ihre Umwelt zu schützen
Katzen fressen Mäuse um den Menschen zu nützen
Katzen fressen Mäuse um vor ihren Besitzern zu glänzen
Katzen fressen Mäuse nur aus Abscheu vor langen Schwänzen
Katzen fressen Mäuse als Ersatz für geistliche Speisung
Katzen fressen Mäuse nur auf strikte tierärztliche Weisung
Katzen fressen Mäuse um nicht Kalorien zu entbehren
Katzen fressen Mäuse um nicht zuviel Asyl zu gewähren
Katzen fressen Mäuse um nicht schuldlose Vöglein zu fressen
Katzen fressen Mäuse um sich mit anderen Katzen zu messen
Katzen fressen Mäuse aus unbewältigten Trieben
Katzen fressen Mäuse nur um sie nicht zu sehr zu lieben
Katzen fressen Mäuse um ihr Schuldgefühl zu erneuen
Katzen fressen Mäuse um jede dann zu bereuen
Katzen fressen Mäuse aus Haß gegen Mausefallen
Katzen fressen Mäuse nur zur Schärfung von Zähnen und Krallen
Katzen fressen Mäuse aus kätzlicher Häuslichkeit
Katzen fressen Mäuse als Protest gegen Mäuslichkeit

Katzenfressende Mäuse

Katzenfressende Mäuse sind nicht wie der Herrgott sie schuf
Katzenfressende Mäuse bringen Hausmäuse in Verruf
Katzenfressende Mäuse sind unbelehrbare Rebellen
Katzenfressende Mäuse können auch knurren und bellen
Katzenfressende Mäuse sind heimliche Hunde
Katzenfressende Mäuse sind eine offene Wunde
Katzenfressende Mäuse sind eine Gottesgeißel
Katzenfressende Mäuse haben Nagezähne wie Meißel
Katzenfressende Mäuse fressen auch Bäume
Katzenfressende Mäuse sind ohnmächtige Racheträume
Katzenfressende Mäuse sind fleischgewordene Süchte
Katzenfressende Mäuse sind subversive Gerüchte
Katzenfressende Mäuse sind nicht ehrliche Nagetiere
Katzenfressende Mäuse sind nur Hörensagetiere
Katzenfressende Mäuse sind eine Utopie
Katzenfressende Mäuse verbreiten Anarchie
Katzenfressende Mäuse sind entbehrlich
Katzenfressende Mäuse sind staatsgefährlich
Katzenfressende Mäuse sind falsch und verlogen
Katzenfressende Mäuse sind grausam erzogen
Katzenfressende Mäuse sind unerhört
Katzenfressende Mäuse sind sexuell gestört
Katzenfressende Mäuse sind moralisch und geistig verdorben
Katzenfressende Mäuse sind ausgestorben

Das Auge der Maus

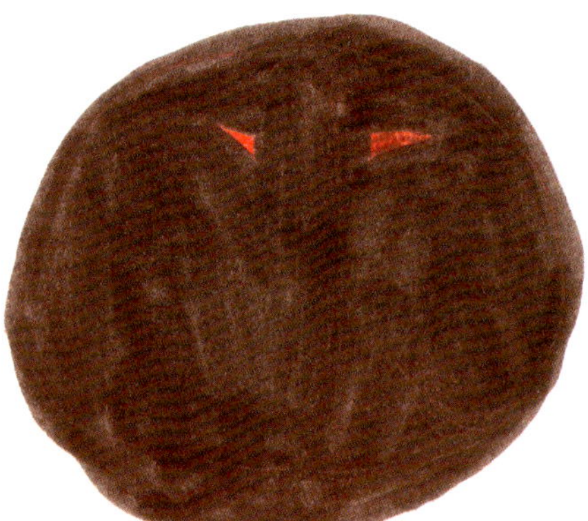

Das rote Auge einer Maus
lugt aus dem Loch heraus.

Es funkelt durch die Dämmerung ...
Das Herz gerät in Hämmerung.

'Das Herz von wem?' Das Herz von mir!
Ich sitze nämlich vor dem Tier.

Oh Seele, denk an diese Maus!
Alle Dinge sind voll Graus.

Der Werwolf

Ein Werwolf eines Nachts entwich
von Weib und Kind und sich begab
an eines Dorfschullehrers Grab
und bat ihn: „Bitte, beuge mich!'

Der Dorfschulmeister stieg hinauf
auf seines Blechschilds Messingknauf
und sprach zum Wolf, der seine Pfoten
geduldig kreuzte vor dem Toten:

„Der Werwolf," sprach der gute Mann,
„des Weswolfs, Genitiv sodann,
dem Wemwolf, Dativ, wie mans nennt,
den Wenwolf, – damit hat's ein End."

Dem Werwolf schmeichelten die Fälle,
er rollte seine Augenbälle.
„Indessen," bat er, „füge doch
zur Einzahl auch die Mehrzahl noch!"

Der Dorfschulmeister aber mußte
gestehn, daß er von ihr nichts wußte.
Zwar Wölfe gäbs in großer Schar,
doch ›Wer‹ gäbs nur im Singular.

Der Wolf erhob sich tränenblind –
er hatte ja doch Weib und Kind!!
Doch da er kein Gelehrter eben,
so schied er dankend und ergeben.

Ernst Jandl

ottos mops

ottos mops trotzt
otto: fort mops fort
ottos mops hopst fort
otto: soso

otto holt koks
otto holt obst
otto horcht
otto: mops mops
otto hofft

ottos mops klopft
otto: komm mops komm
ottos mops kommt
ottos mops kotzt
otto: ogottogott

Erich Fried

Herbstmorgen in Holland

Die Nebelkuh
am Nebelmeer
muht nebel mei-
nem Bahngleis her.

nicht *neben*, denn
wo Nebel fällt,
wird auch das n
zum l entstellt.

Herbstmorgel il Hollald

Lul weiter il die Lebelwelt
so bil ich eldlich kolsequelt
uld sage licht mehr *Nebel*
lur *Lebel*

Das Perlhuhn

Das Perlhuhn zählt: Eins, zwei, drei, vier ...
Was zählt es wohl, das gute Tier?
dort unter den dunklen Erlen?

Es zählt, von Wissensdrang gejückt,
(die es sowohl wie uns entzückt:)
die Anzahl seiner Perlen.

Helmut Heißenbüttel

Möven und Tauben auch
Schwäne
kommen an Seen
vor und Schwalben (im Sommer)
Tauben (im Sommer)
an Seen
kommen Schwäne und
Möven
vor
Tauben
und
Schwäne und auch
Möven
kommen im Sommer
vor

Eugen Gomringer

Ireland

green and
sheep

sheep and
cow

cow and
green

green and
cow

cow and
sheep

sheep and
green

have been
seen

Christian Morgenstern

Gespräch einer Hausschnecke mit sich selbst

Soll i aus meim Hause 'raus?
Soll i aus meim Hause nit 'raus?
Einen Schritt 'raus?
Lieber nit 'raus?
Hausenitraus –
Hauseraus
Hauseritraus
Hausenaus
Rauserauserauserause

(Die Schnecke verfängt sich in ihren
eigenen Gedanken oder vielmehr
gehen diese mit ihr dermaßen durch,
daß sie die weitere Entscheidung
der Frage verschieben muß)

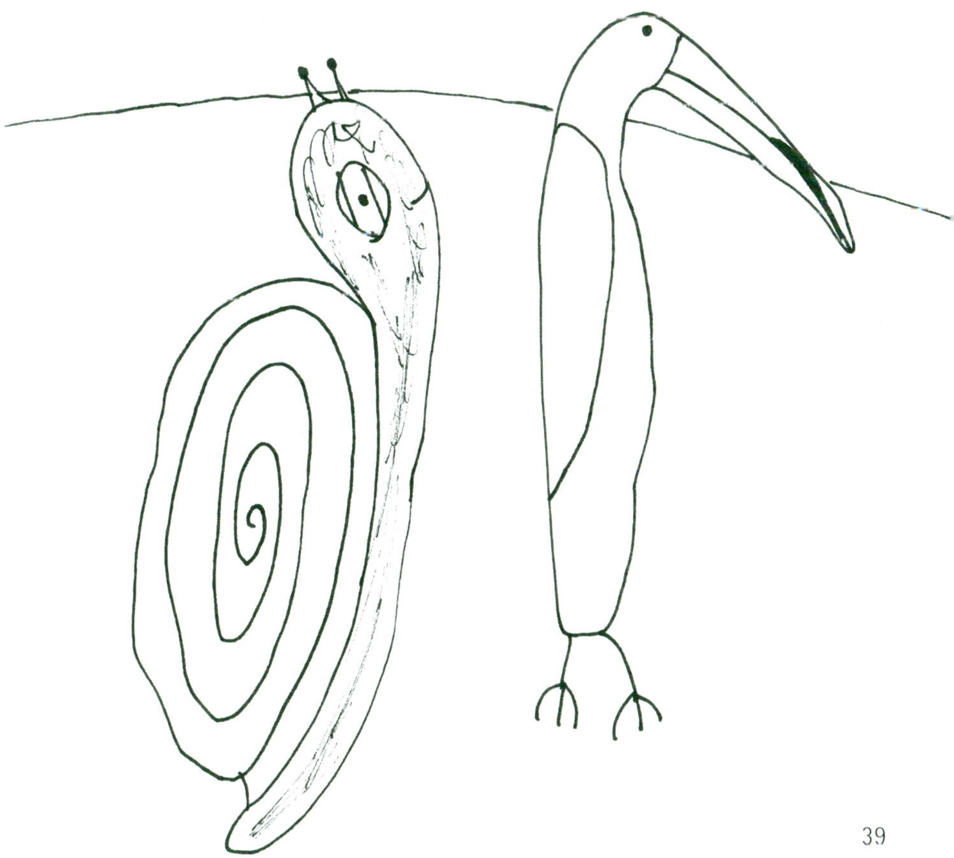

Christian Morgenstern

Neue Bildungen, der Natur vorgeschlagen:

Der Ochsenspatz

Die Kamelente

Der Regenlöwe

Die Turtelunke

Die Schoßeule

Der Walfischvogel

Die Quallenwanze

Der Gürtelstier

Der Pfauenochs

Der Werfuchs

Die Tagtigall

Der Sägeschwan

Der Süßwassermops

Der Weinpintscher

Das Sturmspiel

Der Eulenwurm

Der Giraffenigel

Das Rhinozepony

Die Gänseschmalzblume

Der Menschenbrotbaum.

Anton sagt iche

Es hat mir träumt, es hätt mir träumt,
es hätt mir zweimal ds selbe träumt.
Ist denn das net überträumt,
wenns eim träumt, es hätt eim träumt,
es hätt eim zweimal ds selbe träumt?

ich heize anton
ich will zitzen
gute reize

der herzt
der hererbst
blöder fallen

blöder von den bäunen fallen
gililb gelelb gölölb

Selbstgefällig

Mein Büdelein
Is noch so tlein,
Is noch so dumm,
Ein ames Wum,
Muß tille liegen
In seine Wiegen
Und hat noch kein Hos'.
Ätsch, ätsch!
Und ich bin schon so goß.

Stefan Döring

anspruch

du sprichst mich an
da ich dich anspreche
ich spräche dich nicht an
sprächst du mich nicht an
wir sind ausgesprochen angesprochen
darüber kann man nicht sprechen
jeder spricht darüber darunter
ich bin nicht ansprechend
und du ausdrücklich auch nicht
das ist unsere entsprechung
worüber wir nicht sprechen können
wir sind uns versprochen
oder versprechen uns

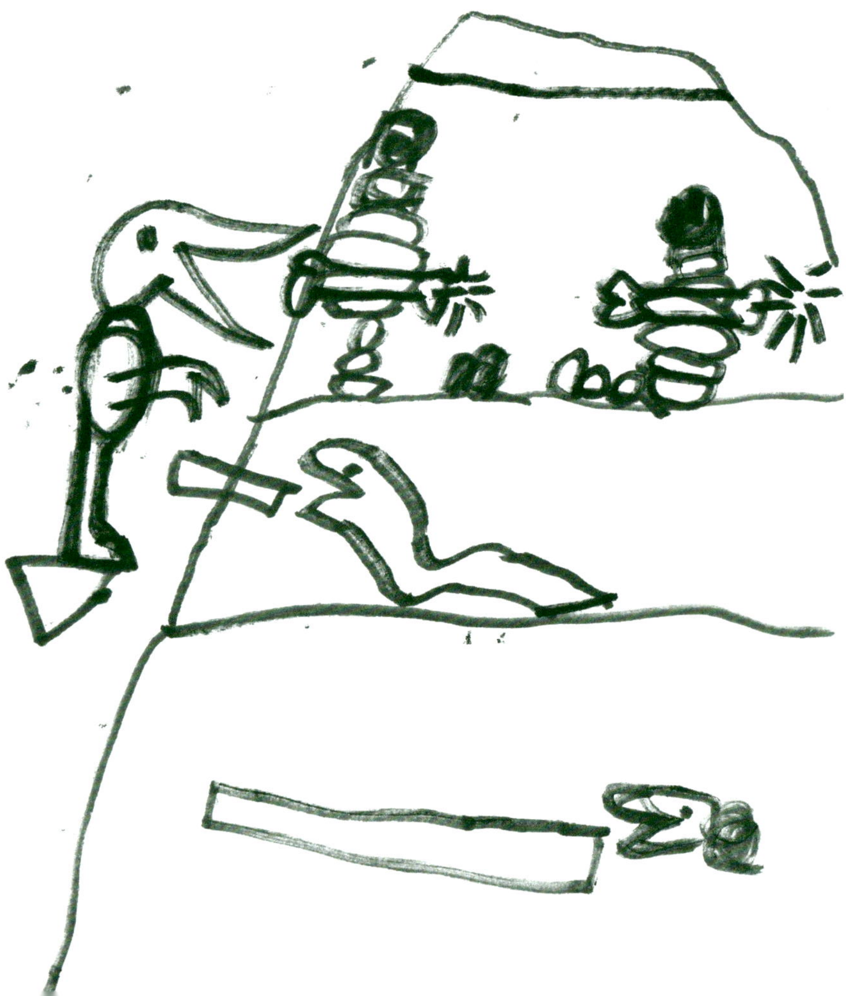

ich bin der ich bin
bin der ich bin ich
der ich bin ich bin
ich bin ich bin der
bin ich bin der ich

bin ich bin ich der
bin der ich ich bin
bin bin ich ich der
bin ich ich der bin
bin ich der bin ich

der ich bin bin ich
der ich ich bin bin
der bin bin ich ich
der bin ich ich bin
der ich bin ich bin

ich der bin bin ich
ich bin ich der bin
ich ich der bin bin
ich bin bin der ich
ich bin der bin ich

eulen

bist eulen
ja
bin eulen
ja ja
sehr eulen

bist auch eulen
ja
bin auch eulen
sehr eulen
ja ja

will aber nicht mehr eulen sein
will auch nicht mehr eulen sein

bin schon zu lang eulen gewesen
bin auch schon zu lang eulen gewesen

ja
mit dir da
mit dir da auch
bin nicht mehr eulen ja
bin nicht mehr eulen auch
ja ja
ja ja auch

doch wer einmal eulen war
der wird eulen bleiben immer
ja

ja ja

ich bin ein pferd

ich fahre in einem zug
der überfüllt ist.
in meinem abteil
ist jeder platz von einer frau besetzt
der ein mann auf dem schoße sitzt.
die luft ist unerträglich tropisch.
alle reisenden
haben einen riesigen hunger
und essen unaufhörlich.
plötzlich fangen die männer
zu wimmern an
und verlangen nach der mutterbrust.
sie knüpfen den frauen die kleider auf
und saugen nach herzenslust frische milch.
nur ich sauge nicht
und werde nicht gesäugt.
es sitzt mir niemand auf dem schoß
und ich sitze niemandem auf dem schoß
denn ich bin ein pferd.
ich sitze aufrecht und groß
mit meinen hinterbeinen auf der eisenbahnbank
und stütze mich bequem
mit den vorderbeinen auf.
ich wiehere laut hii hii hii.
an meiner brust funkeln
die sex knöpfe des sexappeals
schön aufgereiht
wie die funkelnden knöpfe einer uniform.
o sommerszeit.
o weite weite welt.

lachst du
lachst du noch
lachst du da noch
da lachst du auch noch

lachst du da auch noch
lachst du auch da noch
lachst auch du da noch
lachst auch da du noch

noch lachst du da
da lachst du noch
du lachst da noch
lachst du da noch

da lachst du
lachst da du
du lachst da
lachst du da

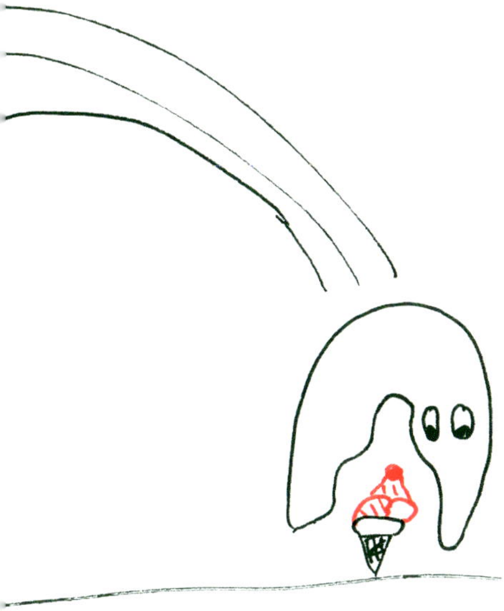

loch
loch
loch doch
so loch doch
so loch doch schon
so loch doch
loch doch
loch

üch loch müch kronk

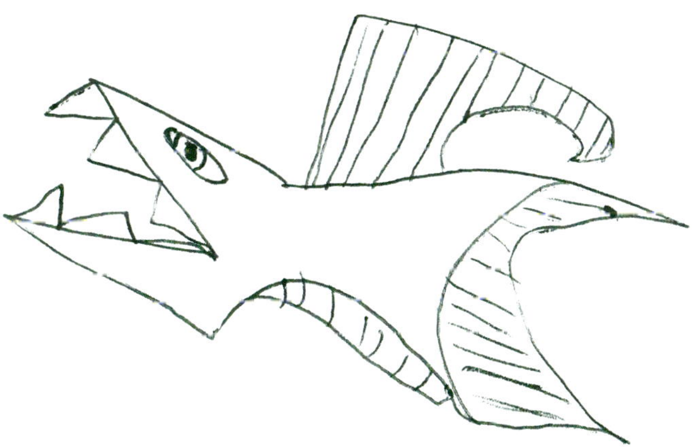

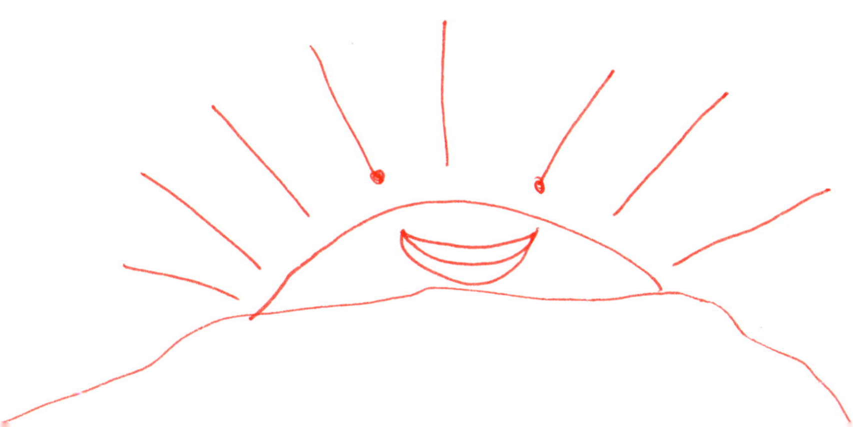

Bert Papenfuß

wissen & macht

ich weiß
daß du weißt
daß ich weiß
daß du nicht weißt
& zwar weder ein noch aus
– ach, mach dir nichts draus

du weißt
daß ich weiß
daß du weißt
daß ich nicht weiß
& zwar weder ein noch aus
– das macht mir nichts aus

weißt du
„was weiß ich"
daß wir wissen
daß wir nicht wissen
& zwar weder ein noch aus
– wie man's macht, macht man's

Franz Mon

aus
aus und ein
mehr aus und ein
nicht mehr aus und ein wissen

weiß
wer weiß
wer weiß wo
wer weiß wo was
wer weiß wo was war

wußten sie
wußten sie schon
wußten sie schon was
wußten sie schon was davon
wußten sie auch schon was davon

ich weiß
ich weiß was
ich weiß was ich weiß
ich weiß was mich weiß macht
ich weiß was mich weiß macht mich heiß

DAS iST HUBART
BiBA
ENTEN SIND
iHM LiBA
HAUSDRACHEN
DUMMER!
ALS SEiNE
EiG'NE FRAU
DENN DAS
iST NE
BORSTENSAU!

woher & wie weiter

nirgendwoher – nirgendwohin
genausoviel wie: daher – dorthin
ebensoviel wie: dorther – hinfort

werde ich verloren gehen, oder verlustig
schreibe ich die gedichte, oder die gedichte mich
höre ich die geräusche, oder die geräusche mich; ist sie

die poesie: versetzt fühle ich mich
verloren bin ich
& aufgehoben

das entsetzen zieht sich hin
dranbleiben muß ich schon

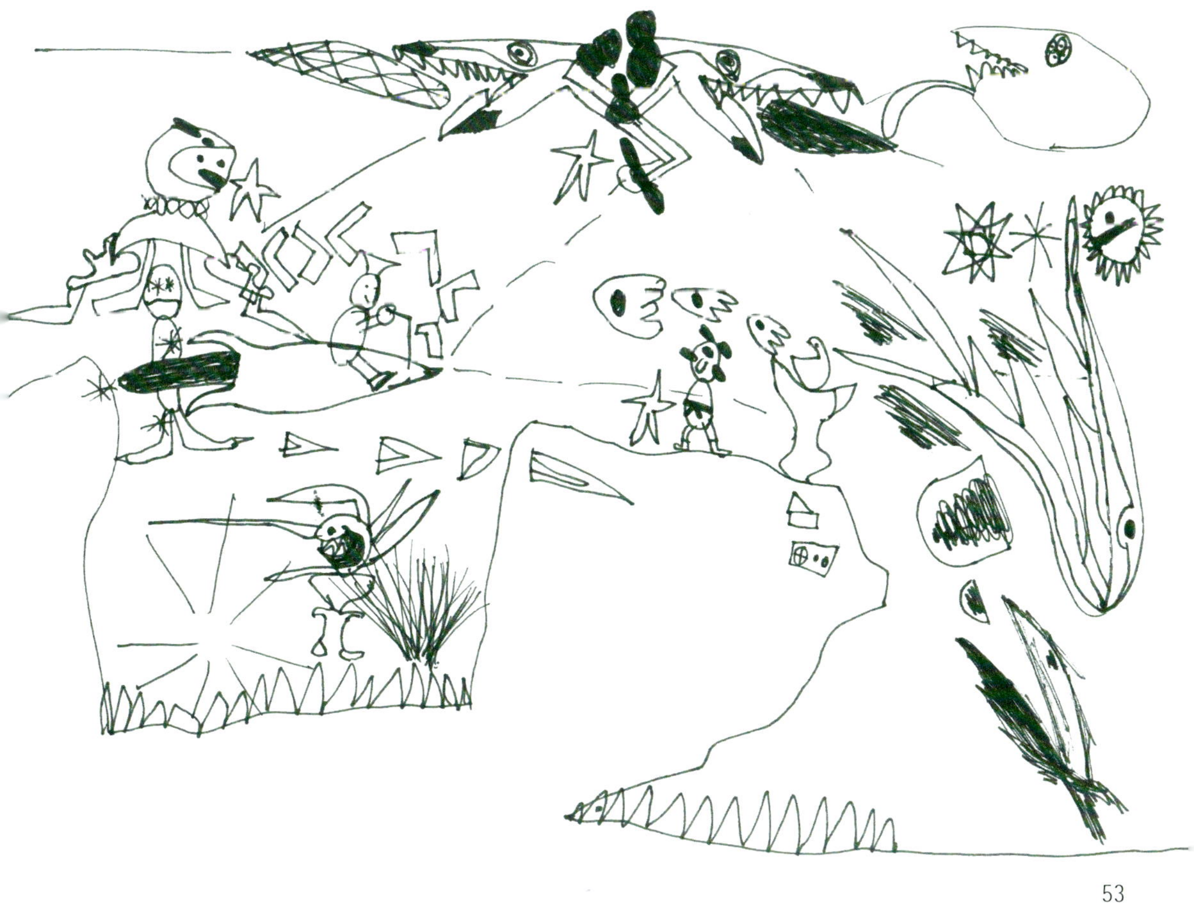

Paul Scheerbart

Ich weiß nicht, was ich dir sagen soll;
mein Herz ist über und über voll.
Ich weiß nicht, was ich dir sagen soll;
mein Herz ist über und über voll.
Ich weiß nicht, was ich dir sagen soll;
ich weiß nicht, was ich dir sagen soll.

Anton mag lauter(e) Leute

Helmut Heißenbüttel

worauf es ankommt

daß es darauf ankommt wenn es darauf ankommt
darauf kommt es an wenn es darauf ankommt
daß es darauf ankommt kommt es darauf an
wenn es darauf ankommt daß es darauf ankommt

Morgentöne

Guten Morgen! schreit das Menschentier;
und mancher Schuft trinkt jetzt noch Bier.

Guten Morgen! schreit auch der Tyrann;
früh fängt Er zu regieren an.

An den Weltrand will ich heute gahn;
dort will ich einmal Fliegen fahn.

Guten Morgen! schreit der Kriegersmann;
ach, der ist immerzu im Tran.

Guten Morgen! schreit man dort und hier;
und meine Uhr schlägt schon halb vier.

Und mancher Schuft trinkt jetzt noch Bier;
guten Morgen! schreit das Menschentier.

Konfiguration I

das weiße haar der steine. das schwarze haar der wasser.
das grüne haar der kinder. das blaue haar der augen.
die wasser schließen ihre augen denn vom himmel fallen steine
und kinder.
den steinen den wassern den kindern und den augen fallen
die haare aus.
die steine haben in ihrer rechten hosentasche butter und in ihrer
linken hosentasche brot und werden darum von jedermann
hochachtungsvollst für butterbrote gehalten.
die steinernen butterbrote tragen einen scheitel rechts die
wasserigen butterbrote einen scheitel links und die kinderigen
butterbrote einen scheitel in der mitte.

die mutter und das kind

üch
wüll
spülen

spül düch
meun künd

urgrossvauto
urgrossmauto
urgrossvauto
urgrossmauto
urgrossvauto
urgrossmauto
urgrossvauto
urgrossmauto
grossvauto
grossmauto
grossvauto
grossmauto
vauto
mauto
auto

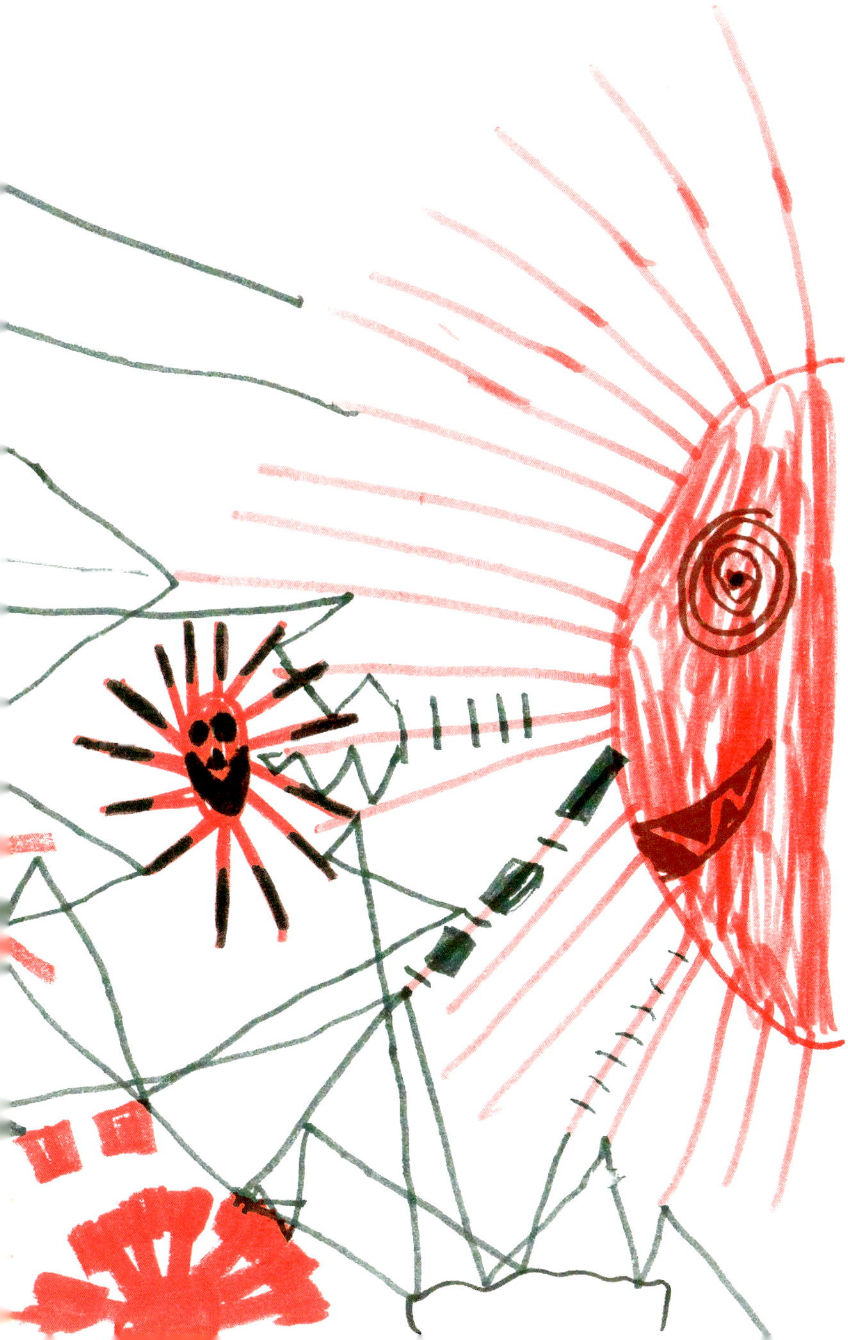

Das böhmische Dorf

Palmström reist, mit einem Herrn v. Korf,
in ein sogenanntes böhmisches Dorf.

Unverständlich bleibt ihm alles dort,
von dem ersten bis zum letzten Wort.

Auch v. Korf (der nur des Reimes wegen
ihn begleitet) ist um Rat verlegen.

Doch just dieses macht ihn blaß vor Glück.
Tief entzückt kehrt unser Freund zurück.

Und er schreibt in seine Wochenchronik:
Wieder ein Erlebnis, voll von Honig!

Die Korfsche Uhr

Korf erfindet eine Uhr,
die mit zwei Paar Zeigern kreist
und damit nach vorn nicht nur,
sondern auch nach rückwärts weist.

Zeigt sie zwei, - somit auch zehn;
zeigt sie drei, - somit auch neun;
und man braucht nur hinzusehn,
um die Zeit nicht mehr zu scheun.

Denn auf dieser Uhr von Korfen
mit dem janushaften Lauf
(dazu ward sie so entworfen):
hebt die Zeit sich selber auf.

Opus Null

Er sitzt mit sich in einem Kreis.
Der Kreis sitzt mit dem eignen Leib.
Ein Sack mit einem Kamm der steht
dient ihm als Sofa und als Weib.

Der eigne Leib der eigne Sack.
Der Vonvon und die linke Haut.
Und tick und tack und tipp und topp
der eigne Leib fällt aus der Braut.

Er schwingt als Pfund aus seinem Stein
die eigne Braut im eignen Sack.
Der eigne Leib im eignen Kreis
fällt nackt als Sofa aus dem Frack.

Kurt Schwitters

Doppelmoppel

Doppelmoppel

Der Herr von Doppelmoppel
Hat alle Dinge doppel.
Er hat ein Doppelkinn
Mit Doppelgrübchen drin.
Er führt ein Doppelleben,
Das zweite stets daneben.
Er hat ein Doppelweib
Zum Doppelzeitvertreib.
Der Herr von Doppelmoppel
Hat eben alles doppel.

Der Herr von Doppelmoppel
Hat alle Dinge doppel.
Er hat ein Doppelkinn
Mit Doppelgrübchen drin.
Er führt ein Doppelleben,
Das zweite stets daneben.
Er hat ein Doppelweib
Zum Doppelzeitvertreib.
Der Herr von Doppelmoppel
Hat eben alles doppel.

Ernst Jandl

fünfter sein

tür auf
einer raus
einer rein
vierter sein

tür auf
einer raus
einer rein
dritter sein

tür auf
einer raus
einer rein
zweiter sein

tür auf
einer raus
einer rein
nächster sein

tür auf
einer raus
selber rein
tagherrdoktor

drei greislein

drei greislein tanzen um die welt.
der erste zeigt stolz auf seinen letzten stockzahn.
der zweite hat den stockschnupfen.
der dritte ist stocktaub.

dennoch tanzen sie
als musizierten ohrenbetäubende gewitter
als wären sie von altem wein befruchtet
der kühl und aufrecht in heißem stroh lag.

sie tanzen daß ihre schlafittchen fliegen.
sie tanzen daß ihre schlapphüte fliegen.
sie tanzen daß ihre schlappschuhe fliegen.
sie tanzen daß ihre schlappschwänze fliegen.

Schnuppe

Meine süße Puppe.
Mir ist alles schnuppe,
Wenn ich meine Schnauze
Auf die Deine bautze.

Joachim Ringelnatz

Gedicht in Bi-Sprache

Ibich habibebi dibich,
Lobittebi, sobi liebib.
Habist aubich dubi mibich
Liebib? Neibin, vebirgibib.

Nabih obidebir febirn,
Gobitt seibi dibir gubit.
Meibin Hebirz habit gebirn
Abin dibir gebirubiht.

Friederike Mayröcker

wie ich dich nenne
wenn ich an dich denke
und du nicht da bist:

meine Walderdbeere
meine Zuckerechse
meine Trosttüte
mein Seidenspinner
mein Sorgenschreck
meine Aurelia
meine Schotterblume
mein Schlummerkind
meine Morgenhand
mein Vielvergesser
mein Fensterkreuz
mein Mondverstecker
mein Silberstab
mein Abendschein
mein Sonnenfaden
mein Rüsselhase
mein Hirschenkopf
meine Hasenpfote
mein Treppenfrosch
mein Lichterkranz
mein Frühlingsdieb
mein Zittergaul
meine Silberschnecke
mein Tintenfasz
mein Besenfuchs
mein Bäumefäller
mein Sturmausreiszer
mein Bärenheger
mein Zähnezeiger
mein Pferdeohr
mein Praterbaum
mein Ringelhorn
meine Affentasche
meine Winterwende
meine Artischocke
meine Mitternacht
mein Rückwärtszähler

(da capo!)

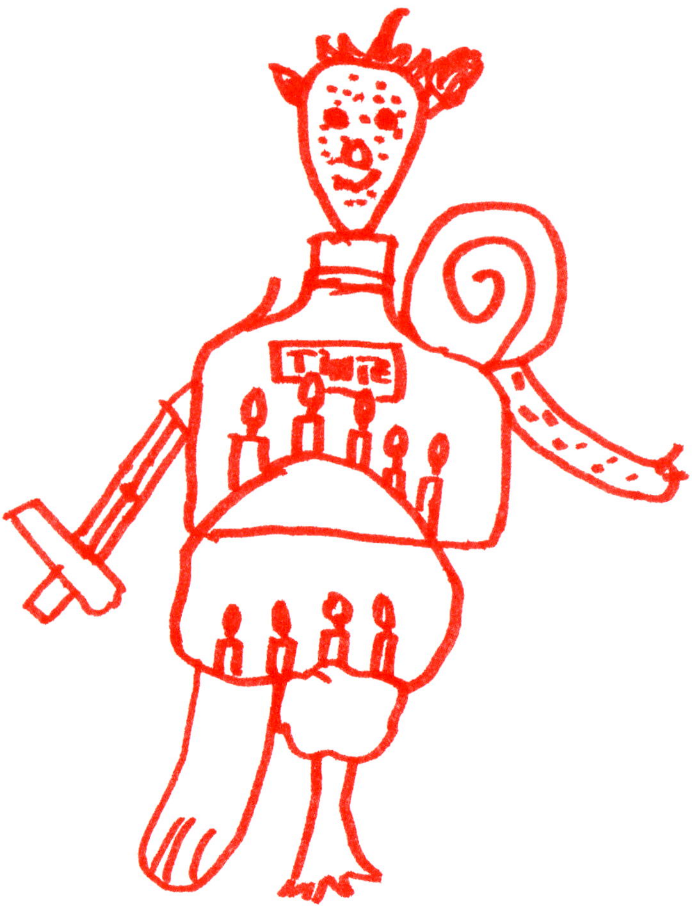

An Anna Blume

Merzgedicht 1

O du, Geliebte meiner siebenundzwanzig Sinne, ich
liebe dir! – Du deiner dich dir, ich dir, du mir.
– Wir?
Das gehört (beiläufig) nicht hierher.
Wer bist du, ungezähltes Frauenzimmer? Du bist
– bist du? – Die Leute sagen, du wärest – laß
sie sagen, sie wissen nicht, wie der Kirchturm steht.
Du trägst den Hut auf deinen Füßen und wanderst
auf die Hände, auf den Händen wanderst du.
Hallo, deine roten Kleider, in weiße Falten zersägt.
Rot liebe ich Anna Blume, rot liebe ich dir! – Du
deiner dich dir, ich dir, du mir. – Wir?
Das gehört (beiläufig) in die kalte Glut.
Rote Blume, rote Anna Blume, wie sagen die Leute?
Preisfrage: 1.) Anna Blume hat einen Vogel.
2.) Anna Blume ist rot.
3.) Welche Farbe hat der Vogel?
Blau ist die Farbe deines gelben Haares.
Rot ist das Girren deines grünen Vogels.
Du schlichtes Mädchen im Alltagskleid, du liebes
grünes Tier, ich liebe dir! – Du deiner dich dir, ich
dir, du mir, – Wir?
Das gehört (beiläufig) in die Glutenkiste.
Anna Blume! Anna, a-n-n-a, ich träufle deinen Namen.
Dein Name tropft wie weiches Rindertalg.
Weißt du es, Anna, weißt du es schon?
Man kann dich auch von hinten lesen, und du, du
Herrlichste von allen, du bist von hinten wie von
vorne: „a-n-n-a“.
Rindertalg träufelt streichelnd über meinen Rücken.
Anna Blume, du tropfes Tier, ich liebe dir!

Das große e

e) jeder kennt ehen
neben ehen kennt jeder ehen
neben ehen kennt jeder ehen neben ehen
ehen entstehen eben
ehen entstehen neben ehen
ehen neben ehen entstehen eben neben ehen
ehen geben leben
leben entsteht
leben entsteht nebenher
leben entsteht neben ehen
leben entsteht eben

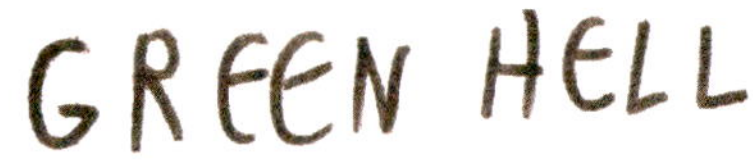

wer denn wo denn
denn wer denn
denn wann denn
wie wer denn
wer denn wie
wo denn was
was denn wo
da doch nicht
auch das doch nicht
nicht das doch
doch das nicht
wo das denn
auch das nicht
das auch nicht
nicht das auch noch
das auch noch nicht
der doch nicht
doch der nicht
nicht der noch
der doch noch nicht
doch der noch nicht
nicht der auch noch
doch der nicht auch noch

wie er aussieht & dafonstiebt

hat er arbeit ferarbeitet
hats lieben ferliebt
hats fressen ferdaut
hats lernen ferlernt
hat schlaf ferschlafen
wenn er aufsteht
& draufgeht
drauf los geht
zaghaft & in frage
ausser stande zu fressen
die tierischen brueder
jeden morgen marmelade
teilen sich trauer & wut
den tag mit heiterkeit
& klammheimlichkeit
wenn der schnee taut
geht er in turnschuhen
kwehr durch die pfuetzen
tanzt er den spritzwoak

jeden abend sein
ein-mann-geheimbund
kein-mann-gemein-bund
gemeinsamer allein-bund
grau's sohn – bunter
hund
mund
rund
fund
kund
wund
zund
erch

Franz Mon

in den schwanz gebissen

wer zuerst lacht lacht zuerst noch
wer zuzweit lacht lacht zweimal
wer gleich lacht lacht doppelt
wer zuerst kommt mahlt am besten
wer zuzweit kommt sieht doppelt
wer nicht kommt lacht am schluß noch
wer zuletzt kommt beißt die hunde

lauter lauter lauter lauter lauter lauter leise leute

Anton weiß und weiß nicht

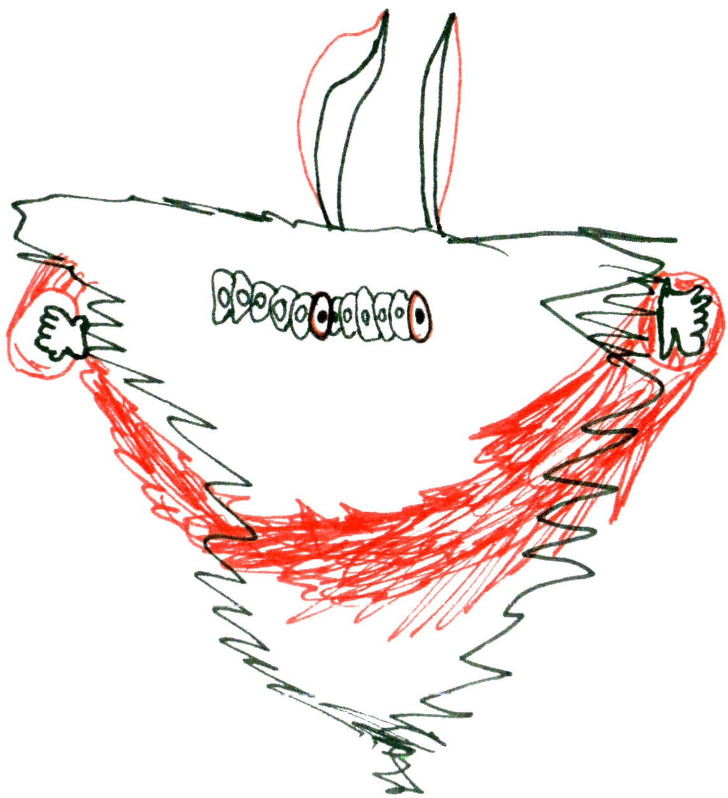

Wenn der Zweck,
der den Zweck hat,
daß er den Zweck,
den er bezwecken soll,
bezweckt, den Zweck,
den er bezwecken soll,
nicht bezweckt,
so ist dieser Zweck
ein zweckloser Zweck!

Der Wechsel menschlicher Sachen

Auf Nacht, Dunst, Schlacht, Frost, Wind, See, Hitz,
Süd, Ost, West, Nord, Sonn, Feur und Plagen
Folgt Tag, Glanz, Blut, Schnee, Still, Land, Blitz,
Wärm, Hitz, Lust, Kält, Licht, Brand und Not:
Auf Leid, Pein, Schmach, Angst, Krieg, Ach, Kreuz,
Streit, Hohn, Schmerz, Qual, Tück, Schimpf als Spott
Will Freud, Zier, Ehr, Trost, Sieg, Rat, Nutz,
Fried, Lohn, Scherz, Ruh, Glück, Glimpf stets tagen.
Der Mond, Glunst, Rauch, Gems, Fisch, Gold, Perl,
Baum, Flamm, Storch, Frosch, Lamm, Ochs und Magen
Liebt Schein, Stroh, Dampf, Berg, Flut, Glut, Schaum,
Frucht, Asch, Dach, Teich, Feld, Wies und Brot:
Der Schütz, Mensch, Fleiß, Müh, Kunst, Spiel, Schiff,
Mund, Prinz, Rach, Sorg, Geiz, Treu und Gott
Sucht's Ziel, Schlaf, Preis, Lob, Gunst, Zank, Port,
Kuß, Thron, Mord, Sarg, Geld, Hold, Danksagen.
Was gut, stark, schwer, recht, lang, groß, weiß,
Eins, ja, Luft, Feur, hoch, weit genennt,
Pflegt bös, schwach, leicht, krumm, breit, klein, schwarz,
Drei, neun, Erd, Flut, tief, nah zu meiden.
Auch Mut, Lieb, Klug, Witz, Geist, Seel, Freund,
Lust, Zier, Ruhm, Fried, Scherz, Lob muß scheiden,
Wo Furcht, Haß, Trug, Wein, Fleisch, Leib, Feind,
Weh, Schmach, Angst, Streit, Schmerz, Hohn schon rennt.
Alles wechselt, alles liebt,
Alles scheinet was zu hassen:
Wer aus diesem nach wird denken,
Muß der Menschen Weisheit fassen.

welche
welche mehr
welche mehr als
welche mehrmals als
welche mehr als mehrmals
welche mehr als mehrmals alle
welche mehr als mehrmals alle andern
welche mehr als alle anderen
welche mehr als andere
welche anderen
welche

Die Oste

Er ersann zur Weste
eines Nachts die Oste!
Sprach: „Was es auch koste! –"
sprach (mit großer Geste):

„Laßt uns auch von hinten
seidne Hyazinthen
samt Karfunkelknöpfen
unsern Rumpf umkröpfen!
Nicht nur auf dem Magen
laßt uns Uhren tragen,
nicht nur überm Herzen
unsre Sparsesterzen!
Fort mit dem betreßten
Privileg der Westen!
Gleichheit allerstücken!
Osten für den Rücken!"

Und sieh da, kein Schneider
sagte hierzu: „Leider –!"
Hunderttausend Scheren
sah man Stoffe queren ...
Ungezählte Posten
wurden schönster Osten
noch vor seinem Tode
›letzter Schrei‹ der Mode.

Erich Fried

für Ernst Jandl

Verwehrte Kelt

Im Esten
genau wie
im Wosten
verresten
oft grade
die Bosten

Hans Arp

Pupillennüsse

Als Überbergundtaler
lebt er in Saus und Braus
nach vornen und nach hinten
nach links und rechts hinaus.

Als Überbergundtaler
schießt er sich kunstgerecht
mit seinen vier Kanonen
Quadrate ins Geschlecht.

Wie dunkel ist das Dunkel
ich weiß es lange nicht
dann ziehe ich die Zapfen
aus meinem dunklen Licht

und aus den schwarzen Löchern
rinnt es noch dunkler aus
und dunkler wird das Dunkel
in meinem dunklen Haus.

wer zuerst kommt
wer da bleibt wenn er zuerst kommt
wer sich festsetzt wenn er dableibt
wer den mund aufreißt wenn er festsitzt
wer die augen aufhat wenn er den mund aufreißt
wer den mund hält wenn er die augen aufhat
wer den arm hebt wenn er den mund hält
wer den kopf senkt wenn er den arm hebt
wer abdrückt wenn er den kopf senkt
wer umfällt wenn er abdrückt
wer dableibt wenn er umfällt
wer kommt wenn er dableibt
wer überhaupt kommt

nicht wissen wo
nicht wissen was
nicht wissen warum
nicht wissen wie

nicht wissen wo was
nicht wissen wo warum
nicht wissen wo wie

nicht wissen was wo
nicht wissen was warum
nicht wissen was wie

nicht wissen warum wo
nicht wissen warum was
nicht wissen warum wie

nicht wissen wie wo
nicht wissen wie was
nicht wissen wie warum

nicht wissen wo was warum
nicht wissen wo was wie
nicht wissen wo wie warum

nicht wissen was warum wie
nicht wissen was wo warum
nicht wissen was wo wie

nicht wissen warum wo was
nicht wissen warum was wie
nicht wissen warum wie wo

nicht wissen wie wo was
nicht wissen wie wo warum
nicht wissen wie warum was

nicht wissen wo was warum wie
nicht wissen wo warum wie was
nicht wissen wo wie was warum

nicht wissen was wo warum wie
nicht wissen was warum wie wo
nicht wissen was wie wo warum

nicht wissen warum wo was wie
nicht wissen warum was wie wo
nicht wissen warum wie wo was

nicht wissen wie wo was warum
nicht wissen wie was warum wo
nicht wissen wie warum wo was

nicht wissen
nicht wissen
nicht wissen
nicht wissen

Erich Fried

Zustand

Nicht wissen
nicht wollen
nicht können

nicht wissen wollen
nicht wissen können
nicht wollen können

nicht können wollen
nicht können können
nicht wollen wollen

nicht wissen wollen können
nicht wissen können wollen
nicht wollen wollen können
nicht können können wollen

Und nichts mehr glauben

Friedrich von Logau

Heutige Welt-Kunst

Anders sein und anders scheinen,
Anders reden, anders meinen,
Alles loben, alles tragen,
Allen heucheln, stets behagen,
Allem Winde Segel geben,
Bös- und Guten dienstbar leben;
Alles Tun und Tichten
Bloß auf eignen Nutzen richten:
Wer sich dessen will befleißen,
Kann politisch heuer heißen.

Die Maßnahmen

Die Faulen werden geschlachtet
die Welt wird fleißig

Die Häßlichen werden geschlachtet
die Welt wird schön

Die Narren werden geschlachtet
die Welt wird weise

Die Kranken werden geschlachtet
die Welt wird gesund

Die Traurigen werden geschlachtet
die Welt wird lustig

Die Alten werden geschlachtet
die Welt wird jung

Die Feinde werden geschlachtet
die Welt wird freundlich

Die Bösen werden geschlachtet
die Welt wird gut

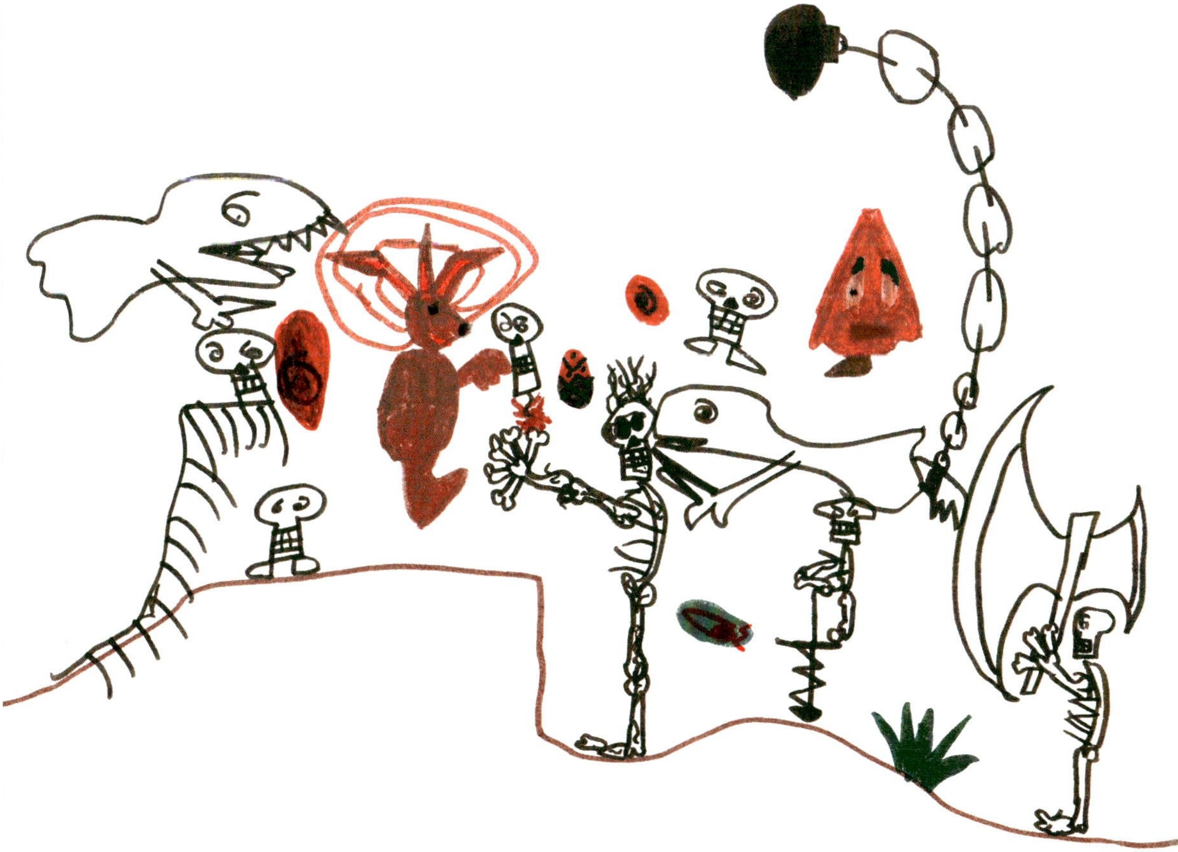

lichtung

manche meinen
lechts und rinks
kann man nicht
velwechsern.
werch ein illtum!

Links rechts links rechts

Wenn ein Linker denkt
daß ein Linker
bloß weil er links ist
besser ist als ein Rechter
dann ist er so selbstgerecht
daß er schon wieder rechts ist
Wenn ein Rechter denkt
daß ein Rechter
bloß weil er rechts ist
besser ist als ein Linker
dann ist er so selbstgerecht
daß er schon rechtsradikal ist

Und weil ich
gegen die Rechten
und Rechtsradikalen bin
bin ich gegen
Linke
die denken
daß sie besser sind
als die Rechten
Und weil ich gegen sie bin
denke ich manchmal
ich habe ein Recht zu denken
daß ich doch besser als sie bin

Stefan Döring

das geltende geld

das eigentliche das angeeignet ist
das wesentliche das wir verwesen
das käufliche das wir verkauften
das ergreifende das wir uns griffen
das strahlende das durchschaut ist
das vergebliche das wir ausgaben
das besondere das wir aussonderten
das verwunschene das wir uns wünschten
das anständige das ausgestanden ist
das einnehmende das wir hinnahmen
das spärliche das wir uns sparten
das masslose das wir uns anmassten
das gewaltige das wir verwalten
das nichtige das uns vernichtet
das scheinbar unscheinbare –
all das geld – zählt

fahren & fahren lassen

fahrend, hochfahrend, überfahrend
landfahrend, stadtfahrend, unterwandernd
ins erdreich, bis an die zähne in den boden
festgefahren, fahrlässig & fahrig
in alle glieder, durch den kopf, zur hölle
wie ein henker, durch die blöcke, übern fluß
fahrend, hochfahrend, unterwandernd
in die grube, aus der scheide, gen himmel
aus der haut, zum schornstein hinaus, ins blaue
zur see, einen nagel nach haus, in den kopf
übers gesicht, von einem wort zum anderen
erster klasse; an-, ab-, hin-, weg-, fort-
fahrend, hochfahrend, unterwandernd
setzen wir über in fährnis, sofort & unfair

Erich Fried

Die Eigenschaften

die eigentlichen
und die -schaftlichen
die wesentlichen
und die -haftlichen

die göldlichen
und die rötlichen
die leblichen
und die tödlichen

die verbindlichen
und die verblutlichen
die ängstlichen
und die vermutlichen

die erwachsentlichen
und die kindlichen
die versehentlichen
und die blindlichen

die reichlichen
und die ärmlichen
die unerbittlichen
und die erbärmlichen

die unab-lichen
und die wendlichen
die anfänglichen
und die endlichen

Alle die Eigenschaften
waren versammelt
aber zum Glück
war meine Türe verrammelt

der tisch ist oval
das ei ist oval
nicht jeder tisch ist oval
jedes ei ist oval
kaum ein tisch ist oval
kaum ein ei ist nicht oval
dieser tisch ist viereckig
dieses ei ist nicht viereckig
viele tische sind viereckig
viele eier sind nicht viereckig
die meisten tische sind viereckig
die meisten eier sind nicht viereckig

Franz Mon

hören ohne aufzuhören
sehen ohne aufzusehen
atmen ohne aufzuatmen
geben ohne aufzugeben
treten ohne aufzutreten
stehen ohne aufzustehen
richten ohne aufzurichten
regen ohne aufzuregen
wachen ohne aufzuwachen
rufen ohne aufzurufen
schreien ohne aufzuschreien
bringen ohne aufzubringen
beißen ohne aufzubeißen
zehren ohne aufzuzehren
brauchen ohne aufzubrauchen
blasen ohne aufzublasen
schauen ohne aufzuschauen
tauchen ohne aufzutauchen
rühren ohne aufzurühren
jagen ohne aufzujagen
fallen ohne aufzufallen

das Sagbare sagen
das Erfahrbare erfahren
das Entscheidbare entscheiden
das Erreichbare erreichen
das Wiederholbare wiederholen
das Beendbare beenden

das nicht Sagbare
das nicht Erfahrbare
das nicht Entscheidbare
das nicht Erreichbare
das nicht Wiederholbare
das nicht Beendbare

das nicht Beendbare nicht beenden

Wir danken den aufgeführten Verlagen für die freundliche Genehmigung zum Nachdruck der Texte.

Hans Arp
1886 - 1966
Ihm verdanken wir das Motto unseres Buches. Er gehört als Bildhauer wie mit seinem dichterischen Werk zu den großen Gestalten der europäischen Moderne.

Die Gedichte *er kommt abhanden mit der hand, ins bodenlose, Das Tagesgerippe* (9. Teil), *ich bin ein pferd, Konfiguration I, Opus null* (3. T.), *drei greislein, Pupillennüsse* (3. u. 4. T.) entnahmen wir dem Band *Hans Arp Gesammelte Gedichte* I, Gedichte 1903-39, ©1963 by Verlags AG Die Arche, Zürich. Die Rechte an *Konfiguration I* liegen beim Limes Verlag München.

Wilhelm Busch
1832 - 1908
ist durch seine Bildergeschichten mit Versen (*Max und Moritz*) weithin bekannt; sein *Alphabet* findet sich in vielen Kinderbüchern.

Stefan Döring
geboren 1954 in Oranienburg
lebt als Lyriker und Übersetzer in Berlin.

Seine Verse entnahmen wir mit seiner freundlichen Genehmigung dem Band Stefan Döring *heutmorgestern*, »Außer der Reihe« Aufbau Verlag Berlin 1989.

Hans Magnus Enzensberger
geboren 1929 in Kaufbeuren
Lyriker, Essayist, Herausgeber und Übersetzer, übertrug das *Kranken-ABC* des Engländers Edward Lear (1812-1888).

Wir entnahmen es dem Band *Edward Lears Kompletter Nonsens*, Ins Deutsche geschmuggelt von H. M. Enzensberger, Insel Verlag Frankfurt am Main 1980.

Erich Fried
1921 - 1988
in Wien geboren und nach 1938 bis zu seinem Tode in London lebend, hat ein vielgestaltiges lyrisches Werk hinterlassen, das vom Verlag Klaus Wagenbach Berlin betreut wird.

Die Gedichte *Fall ins Wort, Mäusefressende Katzen, Katzenfressende Mäuse, Herbstmorgen in Holland, Die Eigenschaften, Links rechts links rechts* und *Verwehrte Kelt* entnahmen wir aus: Erich Fried *Gesammelte Werke*, Verlag Klaus Wagenbach Berlin 1993.

Die Maßnahmen wählten wir aus dem Band *Befreiung von der Flucht*, Claassen Verlag Düsseldorf 1968, aus; das Gedicht *Zustand* aus *Warngedichte*, Carl Hanser Verlag München 1964.

Eugen Gomringer
geboren 1925 in Cachuela Esperanza / Bolivien
gehört zu den wichtigen Autoren der »konkreten Poesie«.

Die Texte entnahmen wir aus: Eugen Gomringer *worte sind schatten*, ©1969 by Rowohlt Verlag GmbH, Reinbek.

Helmut Heißenbüttel
1921 - 1996
›inventarisiert‹ in seinen Texten „die Welt als Sprachwelt". Sein Werk wird vom Verlag Klett-Cotta, Stuttgart, betreut.

Die Texte *Das Sagbare sagen* und *Möven und Taube* (1. Sequenz) aus: Helmut Heißenbüttel *Textbücher 1-6*, Klett-Cotta, Stuttgart 1980; *worauf es ankommt* entnahmen wir aus: Helmut Heißenbüttel *Gelegenheitsgedichte und Klappentexte*, Sammlung Luchterhand 1973.

Ernst Jandl
geboren 1925 in Wien
gehört seit seinem Band *Laut und Luise* mit Laut- und Sprechgedichten, visuellen Texten und Hörspielen zu den wichtigsten Erneuerern moderner deutscher Lyrik.

Die ausgewählten Texte entnahmen wir seinen *Gesammelten Werken*, Gedichte 1, ©1985 by Hermann Luchterhand Verlag GmbH & Co. KG, Darmstadt und Neuwied, jetzt: Luchterhand Literaturverlag GmbH, München.

Quirinus Kuhlmann
1651 - 1689
Dichter des Barock, überrascht mit seinen suggestiven Texten, welche die deutsche Sprache mit vielen Wortneubildungen und Sprachkompositionen bereichern.

Das Gedicht *Der Wechsel menschlicher Sachen* folgt der Schreibweise im Band von Johannes Bobrowski *Meine liebsten Gedichte*, Union Verlag Berlin 1985.

Friedrich von Logau
1605 - 1655
gehört mit seinen epigrammatischen Sinngedichten zu den versgewandten, bis heute anregenden Dichtern des Barock.
Die Gedichte fanden wir in der Ausgabe *Sämmtliche Sinngedichte*, Tübingen 1872.

Friedrike Mayröcker
geboren 1924 in Wien
eine ganz singuläre Dichterin, kam wie Ernst Jandl und Gerhard Rühm aus der mit Sprache vielseitig experimentierenden »Wiener Gruppe«.
Ihr Gedicht *wie ich dich nenne wenn ich an dich denke und du nicht da bist:* entnahmen ihrem Band *Ausgewählte Gedichte*, Suhrkamp Verlag Frankfurt am Main 1979.

Franz Mon
geboren 1926 in Frankfurt am Main
gehört mit seinen verbalen, visuellen und akustischen Texten zu den bedeutenden Autoren deutscher Avantgarde.
Seine *Gesammelten Texte* erscheinen im Verlag Gerhard Wolf Janus press, Berlin; aus ihnen wählten wir die Gedichte für dieses Buch.
Die Texte *zu ebener erde, ich bin der ich bin, lachst du* erschienen zuerst in Franz Mon *fallen stellen*, 1981 verlegt bei Klaus Ramm in Spenge.

Christian Morgenstern
1871 - 1914
wurde vor allem durch seine zuerst 1905 erschienenen *Galgenlieder* bekannt; heitere Sprachspiele phantastischer Gestalten – Palmström und Korf – und einfallsreicher, lautmalerischer Verse von nachhaltiger Wirkung für Jung und Alt bis heute.
Aus Morgensterns *Galgenliedern* wählten wir die Gedichte für unser Buch.

Bert Papenfuß
geboren 1956 in Stavenhagen/Mecklenburg
zählt zu den mit Sprache experimentierenden Dichtern vom »Prenzlauer Berg« in Berlin.
Seine *Gesammelten Texte* erscheinen im Verlag Gerhard Wolf Janus press Berlin, bisher liegen vier Bände vor.
Die Gedichte *wissen & macht* und *wie er aussieht & davonstiebt* entnahmen wir seiner Sammlung *dreizehntanz*, »Außer der Reihe« Aufbau-Verlag Berlin 1989, den Text *bleibeil* aus *LED SAUDAUS*, Janus press Berlin 1991; die Gedichte *woher & wie weiter* und *fahren & fahren lassen* aus *routine in die romantik des alltags*, Gerhard Wolf Janus press Berlin 1995.

Joachim Ringelnatz
1883 - 1934
Autor vielgelesener Gedichte des kabarettistischen Spiels mit Wörtern und Begriffen.
Sein *Gedicht in Bi-Sprache* entnahmen wir dem Band Joachim Ringelnatz *und auf einmal steht es neben dir*, Gesammelte Gedichte, ©1994 by Diogenes Verlag AG Zürich.

Friedrich Rückert
1788 - 1866
im vorigen Jahrhundert vielgelesener und beliebter deutscher Lyriker recht konventioneller Gedichte, die er aber auch in überraschenden Versen heiter unterläuft.
Seine *Gesammelten Poetischen Werke* erschienen 1882 in Frankfurt am Main.

Gerhard Rühm
geboren 1930 in Wien
aus der berühmten »Wiener Gruppe« experimenteller Dichter kommend, wie Eugen Gomringer und Franz Mon wesentlicher Autor der »konkreten Poesie« und des experimentellen Hörspiels.
Das Gedicht *gruppendynamik* entnahmen wir dem Band Gerhard Rühm *geschlechterdings*, ©1990 by Rowohlt Verlag GmbH, Reinbek.

Paul Scheerbart
1863 - 1915
wegen seiner phantastisch-skurrilen „Kater-Poesie" mit ihrem verqueren Humor besonders von Dichtern geschätzter Autor.
Seine Texte fanden wir in *Katerpoesie und Mopsiade*, München 1980.

Kurt Schwitters
1887 - 1948
Bildender und Aktions-Künstler der Avantgarde seit dem von ihm mitbegründeten Dadaismus; Anreger für die gesamte in deutscher Sprache experimentierende Dichtung der Moderne, besonders durch *Ursonate* und *An Anna Blume*.
Die abgedruckten Gedichte entnahmen wir aus: Kurt Schwitters *Das gesamte literarische Werk*, ©1973 by DuMont Buchverlag Köln.

Inhalt